CB054136

Os sonhos de Helena

Eduardo Galeano

Os sonhos de Helena

Ilustrações:
Isidro Ferrer

Tradução:
Eric Nepomuceno

LIVROS DA RAPOSA VERMELHA

Prólogo

Todo dia, na hora do café da manhã, Helena me humilha contando seus sonhos prodigiosos.

Ela entra na noite como quem entra num cinema, e toda noite um sonho novo está à sua espera.

Enquanto ela conta, eu, em silêncio, tomo o meu café.

Ficar calado é a melhor coisa que posso fazer. Os poucos sonhos que consigo lembrar são de uma estupidez escandalosa.

Para me vingar, escrevo os sonhos em que Helena voa.

Aqui estão, reunidos, fugitivos das páginas dos meus livros que eles, os sonhos, melhoraram tanto.

As obras de Isidro os acompanham, da melhor maneira.

Eduardo Galeano

A noite

Lá na infância, Helena fez que dormia e escapou da cama.

Vestiu-se com esmero, como se fosse domingo, e com todo sigilo deslizou até o quintal e sentou para descobrir os mistérios da noite de Tucumán.

Seus pais dormiam, suas irmãs também.

Ela queria ver como a noite crescia, e como a lua e as estrelas viajavam. Alguém tinha dito a ela que os astros se movem, e às vezes caem, e que o céu vai mudando de cor enquanto a noite caminha.

Naquela noite, noite da revelação da noite, Helena olhava sem pestanejar. O pescoço doía, os olhos doíam, e ela esfregava as pálpebras e tornava a olhar. E olhou e olhou e continuou olhando, e o céu não mudava e a lua e as estrelas continuavam quietas em seu canto.

As luzes do amanhecer despertaram Helena. E Helena lacrimejou.

Depois se consolou, pensando que a noite não gosta que espiem os seus segredos.

Viagem ao país dos sonhos

Helena ia, numa charrete, ao país onde os sonhos são sonhados.

Ao seu lado, na boleia, estava a cachorrinha Pepa Lumpen.

Pepa levava, debaixo do braço, uma galinha que ia trabalhar no seu sonho.

Helena trazia um baú imenso, cheio de máscaras e panos coloridos.

O caminho estava muito cheio de gente.

Todos marchavam rumo ao país dos sonhos, e faziam muita balbúrdia e muito barulho ensaiando os sonhos que iam sonhar, e por isso Pepa resmungava e grunhia, porque não deixavam que ela se concentrasse como se deve.

Casa que viaja

Estávamos sentados numa escadaria, olhando o mar, de uma casa que tinha sido a nossa casa e já não era, porque precisávamos ir embora do jeito que fosse, e ir já.

Nós nos levantamos e fomos nos afastando, passo a passo, e percebi que Helena levava um barbante na mão, e que atada ao barbante estava a casa, que ia com a gente, seguindo a gente.

Helena tinha posto rodinhas na casa.

O país dos sonhos

Era um imenso acampamento ao ar livre.

Das cartolas dos mágicos brotavam alfaces cantoras e alhos luminosos, e por tudo que é canto havia gente oferecendo troca de sonhos. Havia quem quisesse trocar um sonho de viagens por um sonho de amores, e havia quem oferecesse um sonho para rir a troco de um sonho para chorar um choro bem gostoso.

Um senhor andava por ali buscando os pedacinhos de seu sonho, esparramados por alguém que tinha tropeçado nele: o coitado ia recolhendo os pedacinhos, e colava um no outro, e com eles tentava fazer um estandarte colorido que era bastante desajeitado.

O regador dos sonhos levava água a quem sentia sede enquanto dormia. Carregava a água nas costas, numa botija, e oferecia em taças compridas.

No alto de uma torre havia uma mulher, de túnica branca, penteando a cabeleira que descia até os pés. O pente soltava sonhos, com todos os seus personagens, sonhos que saíam dos cabelos e se perdiam pelos ares.

Juana

Helena perambula pelo mercado de sonhos, onde as vivandeiras oferecem sonhos espalhados em cima de grandes panos estendidos no chão.

Com Helena caminha uma amiga, que se chama sor Juana Inés de la Cruz, e o avô de Helena, que está muito triste porque passa muitas noites sem sonhar.

Juana ajuda o avô a escolher sonhos, sonhos de marzipã ou de algodão ou de ar, asas para voar dormindo, e o avô vai embora tão carregado de sonhos que não haverá noite suficiente.

Peço a você que me sonhe

Naquela noite os sonhos faziam fila querendo ser sonhados.

Helena não podia sonhar todos eles, não tinha como, não havia maneira.

Um dos sonhos, desconhecido, se recomendava:

– *Me sonha, que vai ser bom. Me sonha, você vai gostar.*

Também faziam fila uns tantos sonhos jamais sonhados, mas entre eles Helena reconhecia o intruso de sempre, aquele sonho chato, bobo, e outros sonhos que diziam ser novos mas eram velhos conhecidos de suas noites voadoras e navegantes.

Nomes

Desejando ser chamadas, as pessoas, as coisas e os bichos iam até a casa dos nomes.

Os nomes tilintavam se oferecendo: prometiam bons sons e longos ecos. A casa estava sempre cheia de pessoas e bichos e coisas testando nomes. Helena sonhou com a casa dos nomes e lá descobriu a cachorrinha Pepa Lumpen, que andava atrás de um nome mais apresentável.

A casa das palavras

Os poetas iam até a casa das palavras.

As palavras, guardadas em velhos frascos de cristal, esperavam os poetas e se ofereciam a eles, loucas de vontade de ser escolhidas: rogavam aos poetas que as olhassem, que as cheirassem, que tocassem nelas, que as lambessem.

Os poetas abriam os frascos, provavam palavras com o dedo e então lambiam os lábios ou franziam o nariz.

Os poetas andavam atrás de palavras que não conheciam, e também buscavam palavras que conheciam e tinham perdido.

Na casa das palavras havia uma mesa das cores. Em grandes travessas, as cores se ofereciam e cada poeta se servia da cor que fazia falta a ele: amarelo-limão ou amarelo-sol, azul do mar ou de nuvem, vermelho-lacre, vermelho-sangue, vermelho-vinho...

O amigo

Com um só braço, abraçava nós dois.

O braço só era longuíssimo, como antes, mas todo o resto tinha encolhido muitíssimo, e por isso Helena sonhava com ele com desconfiança, entre acreditando e não acreditando.

Julio Cortázar explicava que tinha conseguido ressuscitar graças a certa máquina japonesa que era muito eficiente mas ainda estava em fase de testes, e que por um erro qualquer a máquina tinha feito dele um anão de corpo inteiro, a não ser um braço.

Julio contava que as emoções dos vivos chegam aos mortos como se fossem cartas, e que ele tinha querido voltar à vida por causa da muita pena que sentia pela pena que sua morte havia causado em nós.

Além disso, dizia, estar morto é uma coisa aborrecida.

E também dizia que tinha vontade de escrever um conto sobre isso.

Profecias

Helena sonhou com as que tinham guardado o fogo. As velhas o tinham guardado, as velhas muito pobres, nas cozinhas dos subúrbios; e para oferecer o fogo bastava soprar, suavemente, a palma da mão.

Sonhos perdidos

Tinha deixado os sonhos, esquecidos, numa ilha.

Claribel Alegria, que ninguém sabe como nem por que andava por lá navegando num barquinho, recolheu os sonhos, amarrou-os com uma fita e guardou-os bem guardados.

Mas as crianças da casa descobriram o esconderijo e quiseram vestir aquelas fantasias incríveis.

Então o toque do telefone despertou Helena, e era Claribel, desesperada, travando uma batalha tremenda contra aqueles ferozes anjinhos de Deus e perguntando *o que é que eu faço, o que eu faço com os seus sonhos.*

O porto

A avó Raquel estava cega quando morreu. Mas tempos depois, no sonho de Helena, a avó enxergava.

No sonho, a avó não tinha um montão de anos, nem era um punhado de ossinhos cansados: era nova, era uma menina de quatro anos que estava terminando a travessia do mar vindo lá da remota Bessarábia, uma emigrante entre muitos emigrantes. No tombadilho a avó pedia a Helena que a erguesse, porque o barco estava chegando e ela queria ver o porto de Buenos Aires.

E assim, no sonho, erguida nos braços da neta, a avó cega via o porto do país desconhecido onde iria viver a vida inteira.

O baile

Helena dançava dentro de uma caixinha de música onde as damas de crinolina e os cavalheiros de peruca giravam e faziam reverências e continuavam girando. Aqueles piões de porcelana eram um pouco ridículos mas simpáticos, e dava prazer deslizar com eles na espiral da música, até que numa volta mais rodada Helena tropeçou, caiu e se quebrou.

A pancada acordou Helena. O pé esquerdo doía muito. Quis levantar-se, mas não conseguia caminhar. Estava com o tornozelo muito inflamado.

– Caí em outro país – confessou-me –, e em outro tempo. Mas isso ela não contou para o médico.

O fim do exílio/1

Sonhou que queria fechar a mala e não conseguia.
Não tinha como.
Fazia força com as mãos e cravava os joelhos e sentava em cima da mala, subia nela com os dois pés, e não adiantava.
A mala não se deixava fechar.

O fim do exílio/2

Ela voltava para Buenos Aires, mas não sabia em qual idioma falar nem com qual dinheiro pagar.

Parada na esquina de Pueyrredón e Las Heras, esperava que o 60 passasse, mas o ônibus não vinha, não viria nunca.

O fim do exílio/3

As lentes dos seus óculos tinham quebrado e ela tinha perdido as chaves. Procurava as chaves cidade afora tateando, de quatro no chão, cega na escuridão, e, quando finalmente as encontrava, as chaves não entravam nas portas.

Chamada internacional

Sonhou que falava pelo telefone com Pilar e Antonio, e era tamanha a vontade de abraçá-los que conseguia trazer os dois lá da Catalunha pelo fio do telefone. Pilar e Antonio escorregavam pelo fio, como num tobogã, e se deixavam cair na nossa casa de Montevidéu.

O império do medo

Dormindo, nos viu.

Helena sonhou que estávamos na fila num aeroporto igual a todos os aeroportos, e éramos obrigados a passar nossos travesseiros por uma máquina.

Em cada travesseiro, o travesseiro da noite passada, a máquina lia os nossos sonhos.

A máquina era o detector de sonhos perigosos para a ordem pública.

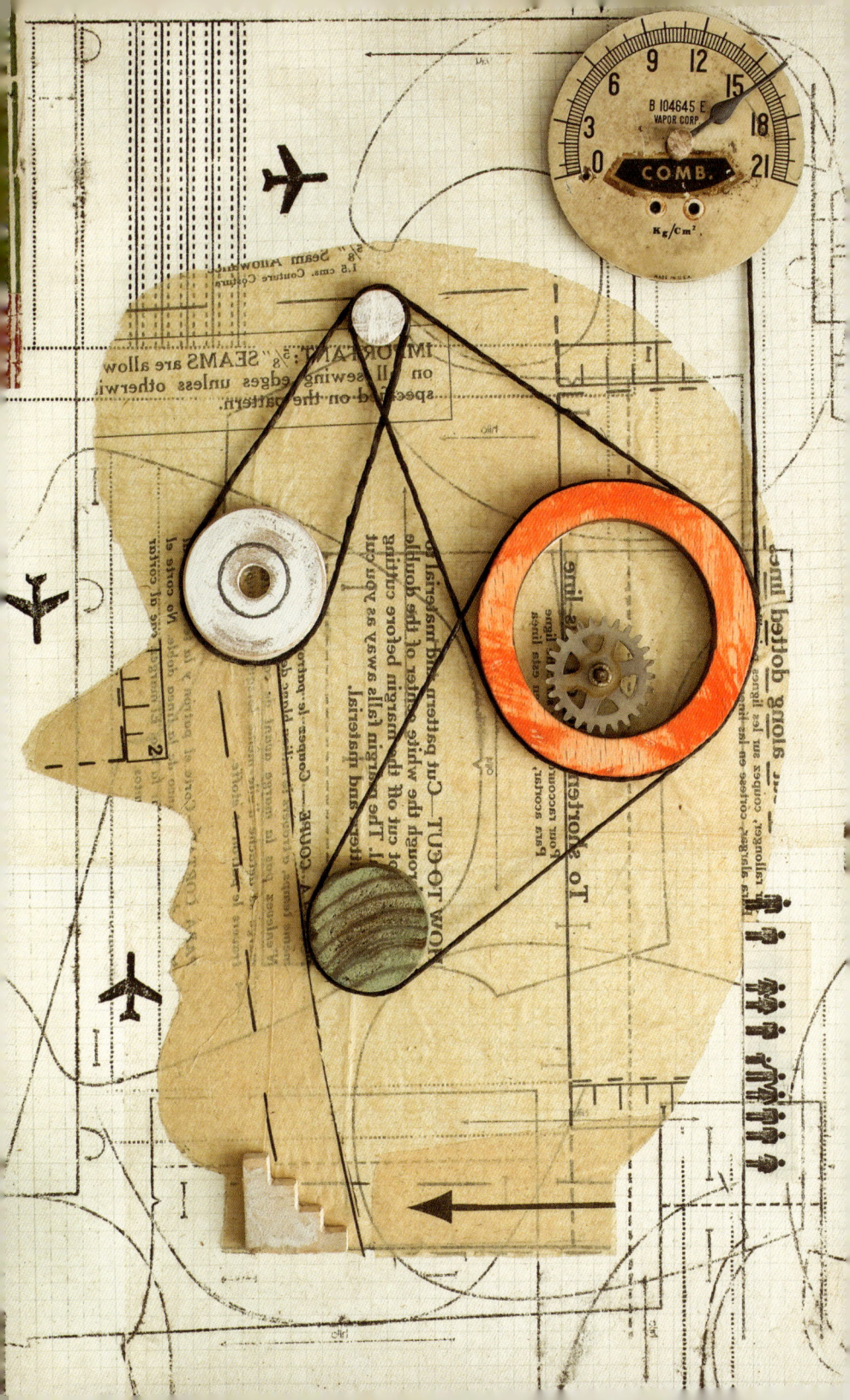

Voo sem mapa

Ela era o avião. Esticada na noite, voava.

De repente, percebeu que tinha perdido o rumo, e não se lembrava nem mesmo aonde devia ir.

Os passageiros, os passageiros que seu corpo continha, não se importavam nem um pouco por ela estar despistada. Estavam todos muito ocupados bebendo, comendo, fumando, conversando e dançando, porque no avião do seu corpo havia espaço de sobra, havia boa música e nada era proibido.

Ela também não estava preocupada. Tinha esquecido seu destino, mas as asas, seus braços estendidos, roçavam a lua e giravam no meio das estrelas, dando voltas pelo céu, e era muito divertida aquela coisa de andar atravessando a noite rumo a lugar nenhum.

Helena despertou na cama, no aeroporto.

Janela para a morte/1

Helena Villagra não conseguia abrir os olhos. Os olhos ardiam. Ela esfregava as pálpebras e os cílios caíam e também caíam as sobrancelhas. Ela estava num cinema. Quando finalmente conseguia olhar, o que via era uma tela negra.

Janela para a morte/2

As cinzas de Alberto já descansavam na terra de Tucumán, as cinzas de Alberto já cresciam nos verdores de lá. Helena tinha herdado o chapéu dele. Helena dormia, e o chapéu de Alberto também dormia; e, no sonho de Helena, o chapéu sonhava.

O chapéu sonhava que agitava suas abas e girando ia voar por aí, com Helena lá dentro, acocorada na copa.

Ela acordava tonta de tanto dar voltas.

Pepa

Pepa Lumpen estava muito avariada pelos anos. Não latia mais, e, quando caminhava, caía. O gato Martinho se aproximou e lambeu a sua cara. Pepa sempre o botava em seu devido lugar, grunhindo e mostrando os dentes para ele; mas nesse último dia se deixou beijar.

A casa, vazia dela, ficou calada.

Nas noites seguintes Helena sonhou que cozinhava numa panela que tinha o fundo furado, e também sonhou que Pepa telefonava para ela, furiosa porque tinha sido posta pela gente debaixo da terra.

Amares

Nós nos amávamos rodando pelo espaço e éramos uma bolinha de carne saborosa e suculenta, uma só bolinha quente que resplandecia e jorrava aromas e vapores enquanto dava voltas e voltas pelo sonho de Helena e pelo espaço infinito e rodando caía, suavemente caía, até ir parar no fundo de uma grande salada.

E lá ficava a bolinha que éramos ela e eu; e do fundo da salada vislumbrávamos o céu. A duras penas conseguíamos abrir espaço no meio da vastíssima folhagem da alface, das ramagens do aipo e do bosque de salsinha e conseguíamos ver algumas estrelas que andavam navegando na mais distante das lonjuras da noite.

Tchau sonhos

Os sonhos iam viajar.

Na estação do trem, parada na plataforma, Helena dizia adeus com um lenço molhado.

Sobre *Os sonhos de Helena*

As narrativas que integram este volume
procedem das seguintes obras de Eduardo Galeno:
Memoria del fuego/los nacimientos (1982),
El libro de los abrazos (1989), *Las palabras andantes* (1993),
Bocas del tiempo (2004) e *Espejos* (2008),
com exceção de "Casa que viaja", publicada aqui
pela primeira vez.

Índice

Título original: *Los sueños de Helena*

© 2011: Eduardo Galeano

© 2011, das ilustrações: Isidro Ferrer

©2009, Libros del Zorro Rojo, Barcelona – Buenos Aires

©2021, Livros da Raposa Vermelha para a presente edição

www.livrosdaraposavermelha.com.br

Tradução: Eric Nepomuceno

Diretor editorial: Fernando Diego García
Diretor de arte: Sebastián García Schnetzer
Projeto editorial: Alejandro García Schnetzer
Acompanhamento editorial: Helena Guimarães Bittencourt
Preparação: Fernanda Alvares
Revisão: Fernanda Lobo e Lara Biamino
Produção gráfica: Geraldo Alves

Dados Internacionais de Catalogação na Publicação (CIP)
(Câmara Brasileira do Livro, SP, Brasil)

Galeano, Eduardo
Os sonhos de Helena / Eduardo Galeano ;
ilustrações Isidro Ferrer ; tradução Eric Nepomuceno.
Ubatuba, SP : Livros da Raposa Vermelha, 2020.
Título original: Los sueños de Helena

ISBN 978-65-86563-00-9

1. Ficção - Literatura infantojuvenil
I. Ferrer, Isidro. II. Título.

20-35182 CDD-028.5

Índices para catálogo sistemático:
1. Ficção : Literatura infantil 028.5
2. Ficção : Literatura infantojuvenil 028.5

Cibele Maria Dias - Bibliotecária - CRB-8/9427

ISBN: 978-65-86563-00-9

Primeira edição brasileira: fevereiro 2021